phil sakai

Poeta. Colunista da Hecatombe Edições, selo político da Editora Urutau. Pós-graduado em Literatura Brasileira e História Nacional. Especialista em Cinema e Linguagem Audiovisual.

DESPÓTICO, DESPOLÍTICO, DESPOÉTICO.

phil sakai

[ilustrações]
yuri campagnaro

editora Urutau
primeira edição
2022

O —

editora Urutau

rua do cajú, 478,
jardim das cerejeiras
06724-015
cotia-sp (brasil)

rua manuel pacheco nobre, 128 - 5º esquerdo
2830-080
barreiro (setúbal)
portugal

[+351] 928053619 [portugal]
[+55] 11 9 4859 2 426 [brasil]

www.editoraurutau.com.br
contato@editoraurutau.com.br

[EDITORA]
debora ribeiro rendelli
[REVISÃO]
juliana palermo
[PROJETO GRÁFICO]
wladimir vaz
[COORDENAÇÃO GRÁFICA]
tiago fabris rendelli
[DIAGRAMAÇÃO]
victor h. azevedo

dados internacionais de catalogação na publicação (CIP) de acordo com ISBD

sakai, phil
S158d despótico, despolítico, despoético / phil sakai ; ilustrado por yuri campagnaro.
— cotia : urutau, 2022. 88 p. ; 14cm x 19,5cm.

ISBN: 978-65-5900-332-7

1. literatura brasileira. 2. poesia. I. campagnaro, yuri. II. título.

CDD 869.1
2022-2453 CDU 821.134.3(81)-1

elaborado por vagner rodolfo da silva - CRB-8/9410

sumário

[8] **I — o poeta do planalto**
[20] **II — sub versão**
[32] **III — mi-mi-militares**
[40] **IV — quanto custou?**
[50] **V — sobreviventes**
[60] **VI — nesta casa**
[74] **VII — em todo molotov certeiro**

Para Carolina de Quadros
(in memoriam)

I — o poeta do planalto

— pô, ema!

cinema tela plana

ironizei ficções (anti)científicas.
e errei.

hoje,

robôs reacionados do futuro
vêm nos atacar
e eventualmente instalar gatonet.

robôs traduzem conceitos filosóficos
ao meu tio.
ele me repassa no zap:

"*cogito ergo sum*" significa:
"cogito erguer a sunga"
(crítica astrológica à moral fio-dental).

robôs acima de todos
superaram a ciência e a terraplanagem
para planificar a tela e o entendimento.

robôs são a sociedade
e nós somos os robôs. isso não é poesia,
é a ciência do memetismo natural.

robôs infectados por vírus não chinês
entram em *loop* infinito,
repetindo: "iupetê iupetê iupetê".

robôs comandam multidões.
são os messias de bata e fuzil
dos tempos de face a fasces.

robôs estão no meio de nós,
num *money*teísmo em que a moeda
senta ao lado direito.

nos filmes, eles precisavam evoluir
para nos superar...
mas isso é ficção.

é *fakenews*.

eles foram apenas criados.
e você sabe de quem é a culpa.

diálogos planaltários I

— assessor, me assessore.
— evite falar merda, presidente.
— ?
— digo, leia o texto.
— mas eu pareço um idiota quando leio!
— é que quando o senhor improvisa... bem... como posso dizer...

diálogos planaltários II

— democracia em vertigem... não entendi nem o título disso daí!
— vertigem é como se fosse uma tontura, presidente.
— e democracia?

rupestre

ele pintou
o inimigo imaginário
nas pedras,
atacou
a própria pintura nas pedras,
atirou
a primeira pedra nas pedras.

ele depredou
o rio das pedras.

ele é uma pedra
no meio do caminho
das pedras.

oh!, este paleolítico tardio
insiste em não erodir!

tuiuiú

às patas em brasas,
só resta cair.
às cinzas das asas,
você ri, jair?

a casa de vidro

a impunidade dança nua
na casa de vidro
intacta.

quebrantáveis são as investigações.

na rua dos tiros e cacos,
a justiça caminha
descalça
.
.
.
(Marielle presente até a verdade, e pra sempre.)

caimento

jair prova camisas camufladas.
seu tamanho é minúsculo,
é pp.
cabe em qualquer pântano.

o alfaiate questiona:
— vai à m?

jair desfila sobre o lodo
esverdeamarelado, e mita:
"essa roupagem honesta,
só os inteligentes conseguem ver".

jair está nu.

uma camisa de força
com caimento,
vestir-lhe-ia bem.

o primata triste

o primata
ainda quer atirar fezes
nos transeuntes.
mas se outrora o fazia feroz,
agora, é só para dizer
hesitante
tô aqui… tá oquei.

evacuado.

sem exprimir,
o vazio está vazio.
a matéria-prima dos atentados
escatológicos trágicos
não existe.
eis a única crise que faz
o primata triste.

messias,

conhecerás a comissão da verdade,
e a liberdade o desconhecerá.

II — sub versão:
a arte existe porque a vida não pasta

*

razão, bipedismo, polegar opositor
— opositor?
arminha com a mão.

cidadão de bens

cidadão de bens,
contas as estórias
pseudomeritórias
que julgas que tens?

que tragicomédia!
tu te versificas...
queres rimas ricas,
mas és classe-média.

com propriedade

não sei,
eram flores.

depois,
eram outras coisas
quaisquer.

o jardim ainda é
meu,
sei que há cercas
e muros.

e isso é tudo
o que quero
saber.

*

na panela azul,
negação em fogo baixo.
sapos se cozinham.

bucólicos

o casebre arde.
sem fogão a lenha, chaleira
ou horizonte,
há apenas fogo.

com o vento,
um céu violento se aproxima;
as pradarias da terra
e dos passos
não podem recuar.

os bons se pastoreiam
distraídos
sobre as cinzas idílicas,
ainda que delas não surja nada
edificante.

quem é pau-brasil
ou apenas lenha fria
tem em curupiras
algum cajado metafísico.

saudosistas

nas prateleiras da memória,
há uma saudade
de valores que não voltam mais.

(recordação é feijão a 4 reais,
arroz a dois, reminiscência.
e a gasolina é nostalgia com etanol.)

saudade outra é a de olhar com prazer
à pobreza da Venezuela,
e mandar alguém desvalorizado pra lá.

valuation da vida

adoecer.
é o preço de precificar-se.

não se sentem centavos
no bolso,
só o peso é gratuito.

os tremores involuntários
das mãos.
a volatilidade do sono.

sente-se muito.

sem saber,
quanta custa sentir.

vêm as crises,
a moeda desvaloriza
o *valuation* da vida.

os surtos gráficos,
as artérias
feito *fibonacci*,
testando fundos.

um corpo cai
feito índice.

são os mártires
do mercado financeiro.

o último patriarca

você nem reparou,
pai de família, mas
sua esposa não sorri.
ela faz parecer
acidente
a sopa de comprimidos
bebida à luz do dia.

você nem reparou,
pai de família, mas
sua filha adolescente
não está grávida.
ela só vomita quando
você vira a câmera do celular
às amigas dela na piscina.

você nem reparou,
pai de família, mas
seu filho foi preso
por tentar matar
com a sua arma e o seu ódio.
ele mirou no seu abraço
ausente e orgulhoso
de pai.

você nem reparou,
pai de família, mas
sua amante
está com aliança
e hematomas novos,
diferentes dos que ganhou
de você.

você nem reparou,
pai de família, mas
sua família se foi.
você, o patriarca,
vaga pela casa
vazia,
repleto de poeira
e elevados valores morais.

na mochila

um estojo camuflado,
dois cadernos 10 matérias,
uma carabina cbc 7022,
duas pistolas taurus th 380,
quatro pentes pt 838,
e algumas opiniões políticas.

pedrinho não voltará para casa hoje.

III — mi-mi-militares

*

I
não tenho nada
contra os militares,
tenho até amigos que são.

II
o que não entendo
é o dia do soldado,
não tem o dia do civil.

III
olha ali o vândalo,
pichando
a árvore de branco.

IV
eu não faço distinção,
trato major e cabo
da mesma forma.

V
sem generalizar,
nem todo general
é tuiteiro.

VI
ah... não engana
tem trejeito de
soldado.

VII
nenhum pai
quer um filho
fardado.

VIII
deus criou civis
todo o resto é
antinatural.

IX
nossa,
que desperdício!
é *homo militaris*...

X

falta de vergonha
na cara!
vira civil!

XI

saindo com essa
farda curta...
tá pedindo...

XII

o tenente tá
naqueles dias...
dando piti.

XIII

deus é justo, mas
essa sua farda...
calma! foi um elogio.

XIV

militar
não gosta de homem,
gosta de soldo.

XV
sentido!
senta direito!
fecha essas pernas!

XVI
você é tão inteligente
nem parece um
capitão.

XVII
você
é da cor
do camuflado.

XVIII
as cotas militares
do governo discriminam
os astrólogos.

XIX
militar
de alma
civil.

XX

tenho até um manobrista
militar,
apelidei de *stratégie*.

XXI

não sou militofóbico, mas
polichinelo na rua...
tem criança vendo...

XXII

deus não gosta
de militares,
mas existe cura.

XXIII

agora, sou obrigado a cantar:
"marcha soldado
cabeça de lignina e celulose"!

XXIV

pode ser capitão,
é a opção de cada um, mas
flexão de pescoço na tv...

XXV
eu não criei
um filho pra usar
coturno!

XXVI
militar ao volante
riocentro
constante.

XXVII
não tem militar feio
tem militar de baixa
patente.

XXVIII
não há militarismo
ou civilismo,
há humanismo.

XXIX
oi? não falar milico?
e a minha liberdade
de expressão?

XXX

heleno de troia,
fica tranquilo,
foi só uma piada.

IV

— que aliado lindo! quanto custou?

o martelo do ex-juiz

ele bate o martelo.
eis o veredito:
— dou-lhe uma, dou-lhe duas, dou-lhe três.

vendido.

o quase-patinho ex-feio

após se pensar um não pato,
ele fez as águas perderam a paz.
a todo instante, era necessário
espelhar o suposto ex-feio
em posições tradicionais.

espectador solitário,
o pato decidiu fazer justiça:
deleitar o mundo com sua imagem.
era maldade que apenas ele
gozasse dessa prerrogativa.

diante do reflexo no lago,
ao tentar se tocar, o pato caiu
em águas que não sabia nadar.
e antes de se afogar, pensou:
as minhas penas... eram penas lindas!

arco-íris? não.

eram elevados valores...
mil tons de moral e família ajustada.

eram elevados valores...
monetários. mil tons de educar e ourar.

potes de ouro? sim.

ilhas virgens

dados viciados
e vencedores de regras próprias
têm sempre a mesma face,
big players do mercado
ou de outro jogo inexistente.

não há apostas quando
só o dono do casino e da *offshore*
fala em dólar.
a empregada doméstica
pensa em real.

da fantasia *disney*,
os sem dados sonham
e madrugam por um *fastpass*
na fila do osso
onde foram jogados.

missão cumprida

digo “não recebi ordens”,
assim cumpro
uma ordem. e o progresso
monetário
marcha sob tempos
(logisticamente) sombrios.
desconheço
a banalidade do mal,
sei do dever,
da disciplina, e penso
pensar ao dizer
“um manda
e outro obedece”.

medidas diplomáticas

quantas tragédias seriam evitadas
se houvesse uma régua
e um banheiro
para medir o tamanho das armas
dos homens de estado
flácido.

*

às refugiadas
fáceis,
loiras (logo, lindas)
e enfileiradas
nos açougues da guerra,
apenas pague
o jantar
ou qualquer refeição,
e jure
euros por eros.

esqueça as flores.

*

à mamãe, falei:
— a senhora já foi pobre?

olavo tinha razão

sobre finais específicos,
os meus pensamentos são inconfessáveis.

o ódio me venceu.
olavo me venceu.

V — sobreviventes,

(...)

inspirem

a árvore da vida

encolhe-se o mundo.
trinta e quatro metros quadrados
é o meu espaço de terra.

crio uma relação íntima,
quase involuntária, com as coisas,
como o vaso e a planta.

se chove, o que sinto é árido.
sou coisa, sou vaso.
há um bonsai dentro de mim?

pra frente brazil

duzentos milhões sem pulmão
pra frente brazil
rumo à entubação

todos juntos vamos
pra frente brazil
salve a negação

de repente é aquela corrente doente
parece que todo o brazil deu caixão
todos ligados na mesma extinção
tudo é um só capitão

todos juntos vamos
pra frente brazil
salve a negação

quarenta e poucas quarentenas

perdi o olfato
para o tempo, perdi
os tempos palatáveis.
qualquer hora é fumaça
ou terça-feira.
tomo um café da manhã,
e por cima da xícara, há
um pôr do sol inteiro.
tento tatear
os farelos do dia,
os pombos levaram.
deito-me por semanas,
sem sentir o olhar
e o hálito do tempo
a morrer
em meus abraços.

feliz ano-novo! normal

aos artífices da ilusão,
as vacinas, as narrativas
e todo o resto
são só artifícios,
fogos de artifício.

cansados,
os olhos ardem
ou simplesmente
refletem.

do próximo ano, não sei
esperança. o fim de tudo isso
é o suficiente.
eis o voto
de fósforos ao vento.

cpi: um resumo

— não é o tratamento que é precoce,
é a vida que insiste em tardar.

*

obediência
alta,
lealdade
alta.
óbito:
alta?

o dono da boca

tiros longos e alvos.
os estampidos no planalto;
o dono só ouve o ecko.

o vermelho escorre, colore,
comanda os meios-fios.
650 mil CPFs cancelados;
para o dono tá 0k, tá 5.5

o Primeiro Comando do Centrão
tenta tomar o morro da saúde.
os Amigos Das Armas reagem.

tanto faz quem vacila.
à beira-mar, o dono
da boca apenas espera
o arrego da vacina.

a comunidade das perdas

solidões de todas as idades
seguiam.

a rua, a banca, o ponto de ônibus,
o cenário era o mesmo,
as pessoas, não.

no outro, a dor comum.
não havia mais figurantes.

esbarrei num olhar passante,
e não derrubei o meu.

fui abraçado por olhos
desvelados.

àquela solidão,
desejei uma sorte melhor
e passos ao tempo.

segui,
mesmo sem idade para estar só.

o infinito covidiano

faz dez meses que telefonaram
há pouco do hospital
para falar sobre coisas de despedida.

tanta coisa para sentir,
e eu só sei saudade.

VI — nesta casa,
havia um tapete para mim

ou

expatriados

*

ALUGA-SE CASA NA ÁRVORE

natalidade

nos pisca-piscas dos semáforos;
nas árvores não enfeitadas
das carvoarias;
nas camas
em que o presente não é aberto,
e sim violado;
nas chaminés industriais
dos maus velhinhos;
as crianças sabem que há
um dia chamado
natal.

eu era muito pequeno para entender...

ele era preto, adolescente,
amigo, alegre. ele era tanto...
onde o vento não tinha asas,
ele corria veloz, ventava sozinho.

sem saber do vento, os tiros
apenas voam; entre as levezas,
atiram-se pelas costas aladas,
nas colunas, nos amigos.

um tiro achou o amigo-vento
culpado por alçar-se ao ar
onde havia carros de valor
elevado. culpado por ser

ele é preto, adulto,
amigo, alegre. ele é tanto...
ele é sobre ventar sozinho
em cadeiras com rodas e asas.

eu era muito branco para entender...
com ou sem vento, os tiros não voam em minha direção.

educação financeira

no extrato bancário,
li coisas negativas.

alguns zeros mais tarde, li:
1 — não seja perdedor, seja investidor;
2 — projeto empresarial ou auxílio emergencial;
3 — a miséria é escolha da mente;
e outros 4 ou 7 passos
para não caminhar pobre.

descobri que, diferente do lucro,
a culpa é minha.

estranho...
sempre pensei que a pobreza era porque ganho 200,
e o aluguel é 200.

penitenciária feminina

— qual seu nome, novata?
— Pandora.
— o que você fez?
— abri uma caixa.
— roubou um caixa?
— não, abri uma caixa.
— de quem era a caixa?
— minha.
— ?
— longa história... era uma caixa "mágica".
— saiu um coelho assassino?
— não, saíram as mazelas da civilização ocidental.
— entendi.
— e você, qual seu nome?
— Eva...

a idade do escuro

se é noite,
o seu vizinho pode estar
beijando
outro homem

debaixo da sua cama,
dentro do seu guarda-roupa,
atrás da porta do quarto,

deitados nus
nos seus sonhos.

ao pé da cama, ajoelhe-se,
junte as mãos,
e peça para o ódio vencer
esses seus medos
do escuro.

ao pisar num lego

ele
era tão pitico e indefeso,
e ainda tropeçava
em velhas estruturas.
com rodas e volante,
o presente era um carrinho.
o futuro
era ultrapassar todos
os outros machos
pelo resto da via.

ela
ganhou uma boneca.

o que você quer ser quando crescer?

a arte de despedaçar

boca, seios, pés,
mãos, olhos,
recortes do corpo
feminino
ou a arte de despedaçar.

quantos tentam
te retalhar,
mulher inteira?

desejam-te
natureza morta
ou raptada?

da boca do homem
artista
sai algo sobre a beleza
das flores
na bandeja de bronze.

a nota de corte

nos disparos,
todos eram múltipla escolha.

me passaram.
um x em cada olho.

e eu não era
a resposta certa.

nos meus bolsos vazios,
plantaram provas.

virei gabarito
marcado no asfalto.

não fiz o enem,
não examinaram meu corpo.

para minha mãe, disseram
— a nota de corte foi alta.

currículos são como poemas

fujo das mensagens
de celular. são cobranças
e outros tipos de
cobranças. só crescem
em mim juros e a vontade
de dizer ao aluguel
qualquer coisa sincera.

escrevo porque não sei
dizer nada.
os currículos são como poemas
ninguém quer
ler.

(as máscaras lavadas,
pêndulos
inertes na janela.
o que secou
foi a minha vontade de)

as orelhas calejadas
ouvem mais uma vez:
— não temos vaga.

agradeço, sem o dinheiro
da passagem de volta.

olho ao redor porque não sei.
é um ambiente
lacrado, um amontoado de gente
entrando e saindo,
o véio dono sem
máscara, espalhando perdigoto
e discursos motivacionais
pelo ar.
no balcão, um álcool gel
esquecido
feito passageiro de ônibus lotado.

saio. e vejo
a liberdade imensa
empunhando uma tocha
e a prancheta de gerente
do setor de cobranças.

dos baldes e outras coisas sem uso

não é sobre a chuva
nos cabelos voluntários,
chuva nos vivos
a respingar nas janelas,
chuva nos poemas
de verão.
não é sobre chover-se.
é sobre as cisternas
cheias de espera,
sobre os leitos dormentes
dos rios,
sobre os incêndios
e o depois, silêncio seco
a pairar no ar.
é sobre o que ainda existe,
e o que pode ir
da terra ao céu.
o desejo
dos baldes e outras coisas
sem uso
é ter barcos de papel.

* * *

VII — em todo molotov certeiro
há um inevitável desperdício de fogo

etanol, gasolina e alcatrão

adeus, meu amor,
uma parte de mim
se foi
para sítios da descrença,
à beira dos lagos
da inércia.

perdão, meu amor,
há gasolina
à beira da pia.
uma parte de mim ficou
a montar
molotovs caseiros

nas paredes da memória

hecatombes
marcam a passagem
do tempo que não passa.

neste presente tão pretérito,
viver é só uma palavra
em desuso.

habitar-se, como?
se há sangue nas paredes
da memória.

sofrer ao recordar,
e morrer ao esquecer.
a história é isso?

os fascistas são saudosistas,
insensíveis à dor
e à tal verdade que liberta.

aos fasces de hoje à noite,
o iminente cárcere
e todo o passado pela frente.

o futuro há de ser algo além
de areias
a sós com o vento.

Maria Clara Gama

eis a voz sem som,
sem mal, sem
ar.

eis a voz
sã que faz crer
a tez.

eis a voz do ser
ou não ser
fim.

eis a voz que vem
da paz,
e vai aos vis.

eis a voz que diz
a dor que há
em nós.

eis a voz que não sai
em vão,
não sai só.

eis a voz.
e tu és
a voz que tens.

apagador

escrever-se é se opor
às borrachas servis;
sangue de professor
cai por porte de giz.

as bombas caem antes das lágrimas

meus olhos naufragam
ao vê-los na mesma avenida em que estou.
gente de cabelos nevados
por outros invernos,
erguem-se com punhos fechados ao alto,
e seguem a criar caminhos
aos que talvez nem nasceram.
no peito, camisetas da geração 68
e a ausência de vaidade dos que sabem:
a luta não é sobre hoje ou nós,
não há vitória, há história.
eu que não sei nada disso, só penso
em pedir-lhes perdão,
deram-nos a democracia, e nós a devolvemos
sem uso.
— eu sinto muito! bols
a frase é dispersada.
às vezes, as bombas de gás caem
depois das lágrimas.

bella ciao

sob a sombra de uma flor,
descansa
quem morreu pela liberdade.
a canção ainda ecoa,
e pode parecer piegas, mas
tudo isto e a luta
soam como uma verdade que verte
nos olhos,
dança pelas veredas do rosto,
e garoa
sobre as pétalas.

querida democracia,

venha comigo, pois há ruas.

antecipo, nada restou dos ipês
exceto buquês e perfume.

o verde caiu há pouco,
independente feito manifestação
do bem que não se assume
mal.

restou o amarelo de setembro
a falar deste inverno pesado e austero,
e finito
como toda estação da história.

te espero com luvas
para aquecer
nossas mãos dadas.

cuidaremos um do outro.
caminharemos.

você está triste,
eu também,
mas, por favor, não se esqueça,
e me ajude a lembrar
lutamos pela vida.

e há flores de ipê
nesta rua de setembro.

*

versus

vs

versos

seguimos!

yuri campagnaro

Artista visual, poeta e músico. Bacharel em Gravura pela Belas Artes do Paraná — Unespar e doutorando em Arte e Tecnologia pelo PPGTE-UTFPR. Produz desenhos, xilogravuras e pinturas, numa poética muito relacionada com a política.

■ primeira edição
■ outubro de 2022